獻給我可愛的家人。
—— 安 · 布斯

獻給雅莉亞、羅倫佐、恩喜歐、蘿莉塔和莉亞。
—— 莎拉 · 瑪西尼

小雲朵

晴天、雨天都是美好日子

文／安·布斯　　　圖／莎拉·瑪西尼　　　翻譯／海狗房東

曾經有一朵雲
躲在藍天中沉睡著、
等待著。

它漸漸化為
一縷白色的輕煙，

不斷長大……

現在，
它是一朵小白雲了。

「我來了！」小雲朵說。

「真漂亮的小白雲。」人們都這麼稱讚。

小雲朵覺得非常驕傲。

「看看我！」小雲朵說。

人們都看著它。

「它看起來像一艘船。」

「它看起來像一個寶寶。」

「它看起來像一隻狗。」

「它看起來像一根骨頭。」

人們很愛看小雲朵為他們變化成各種模樣。

小雲朵也愛為人們這麼做。

過了一段時間，它變得更大、更黑，也更重。

「看看我！」
「看我在做什麼！」

結果人們說⋯⋯

「不好了，下雨啦！」

他們撐開雨傘，紛紛跑開。

「你們要去哪裡？回來啊！」
小雲朵一邊說，一邊下雨，
下個不停。

小雲朵已經成為一朵烏雲，
而烏雲該做的事就是下雨。

「為什麼你們不再看我了？
可以這樣下雨，難道不厲害嗎？」

它大吼起來，
發出雷聲隆隆、電光閃閃。

「再也沒有人會開心見到我了。」
小雲朵傷心的哭著。

「我很開心！」
一朵小花一邊說，
一邊舒展著葉片喝水。

「我很開心！」
農夫一邊說，一邊看著雨水
幫助乾枯的植物生長。

「真的嗎？」小雲朵這麼說，
心情也變好一點點。

它繼續下雨，因為這就是
烏雲該做的事。

「我們很開心見到你。」
魚兒一邊說，一邊在水中游。

水注滿小溪，

流向河川，

流向大海。

「我們很開心！」
孩子們一邊說，一邊踩著水窪。

「真的嗎？」小雲朵開心的說。

「是啊！」他們大喊。

於是，烏雲一直、一直、一直下雨。

接著……

太陽出來了，
將最後的雨滴化為一道彩虹。

下過雨之後，
藍天被刷洗得潔淨、光亮，
鳥兒在歌唱。

草地綠油油，
庭院和田野的植物都發芽了，
花朵也迎向太陽。

小雲朵不再是烏雲，

它又是一朵小白雲了，

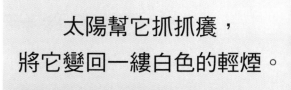

太陽幫它抓抓癢，
將它變回一縷白色的輕煙。

小雲朵再次躲在藍天中，
進入快樂的夢鄉，等待著。

你還會再見到它的……

因為有時候，我們就是需要
烏雲來下點雨啊！

文｜**安・布斯**（Anne Booth）

安和丈夫與四個孩子一起生活，養了兩隻母雞和兩隻狗，住在英國肯特郡的一個可愛村莊。她從小就想成為童書作家，在這之前，從事過許多工作。她曾經寫過一首詩，獲得英國廣播公司（BBC）頒發的藍色彼得勳章；這首詩是關於兩隻米缸裡的老鼠，不過她從未養過老鼠。她的第一本小說《牽著白狗的女孩》也曾入圍水石書店童書獎。

圖｜**莎拉・瑪西尼**（Sarah Massini）

童年時期遊歷、居住過不同的國家，因此獲得不同文化的滋養。她在英國曼徹斯特研讀圖像設計，隨後從事商業設計與童書設計等職務，最後她決心追求自己畢生的夢想，投入為書籍繪製插畫的工作，是深受孩子喜愛的插畫家（有時也是作家）。作品不僅被翻譯超過25種語言，甚至屢獲各大媒體書評推薦，包括紐約時報、學校圖書期刊、每日電訊報、出版者周刊、柯斯克書評、美國圖書館協會等。目前她與身為環保運動人士的丈夫、兒子和活潑的獵狗，一起生活在英格蘭東南部的東薩塞克斯郡。

翻譯｜**海狗房東**

主修教育學，但是喜歡以孩子為老師，勝過成為孩子的老師。曾在兒童產業中主理教學研發、親子美育部門。目前的工作都與故事有關，包括寫故事、翻譯繪本故事、說故事和教人說故事。著作有《繪本教養地圖：孩子需要的繪本 180 選》，以及繪本《小石頭的歌》、《花地藏》、《媽媽是一朵雲》等。繪本評介散見於各閱讀平臺與「海狗房東繪本海選」臉書專頁。

精選圖畫書

小雲朵：晴天、雨天都是美好日子

文／安・布斯　圖／莎拉・瑪西尼　翻譯／海狗房東

總編輯：鄭如瑤｜責任編輯：王靜慧｜美術編輯：王子昕｜行銷副理：塗幸儀

社長：郭重興｜發行人兼出版總監：曾大福

業務平臺總經理：李雪麗｜業務平臺副總經理：李復民

海外業務協理：張鑫峰｜特販業務協理：陳綺瑩｜實體業務經理：林詩富

印務經理：黃禮賢｜印務主任：李孟儒

出版與發行：小熊出版・遠足文化事業股份有限公司

地址：231 新北市新店區民權路 108-2 號 9 樓

電話：02-22181417｜傳真：02-86671851

劃撥帳號：19504465｜戶名：遠足文化事業股份有限公司

客服專線：0800-221029｜客信信箱：service@bookrep.com.tw

Facebook：小熊出版｜E-mail：littlebear@bookrep.com.tw

讀書共和國出版集團網路書店：http://www.bookrep.com.tw

團體訂購請洽業務部：02-22181417 分機 1132、1520

法律顧問：華洋法律事務所／蘇文生律師｜印製：凱林彩印股份有限公司

初版一刷：2020 年 11 月｜定價：320 元｜ISBN：978-986-5503-86-4

國家圖書館出版品預行編目 (CIP) 資料

小雲朵：晴天、雨天都是美好日子 /
安・布斯文；莎拉・瑪西尼圖；
海狗房東翻譯. -- 初版. -- 新北市：
小熊出版：遠足文化發行, 2020.11
30 面；24.5×27.5 公分. （精選圖畫書）
ISBN 978-986-5503-86-4（精裝）

873.599　　　　　　　109015273

小熊出版讀者回函　　小熊出版官方網頁